AF253517

LITTÉRATURE

C. PA...

...TION

...CTION

LA ... LITTÉRAIRE

PARIS

L. HACHETTE ET Cⁱᵉ

...SAINT GERMAIN, 7...

...LIBRAIRES DE LA FRANCE

NOMS

DES MEMBRES DU COMITÉ DE L'ASSOCIATION POUR LA DÉFENSE
DE LA PROPRIÉTÉ LITTÉRAIRE

ALLOURY, rédacteur du *Journal des Débats*.

BLANC (Étienne), avocat à la cour impériale de Paris.

BÖHM.

COLOMBIER, éditeur de musique.

GUIFFREY, avocat à la cour impériale de Paris.

HACHETTE (L.), libraire-éditeur.

LABOULAYE (Éd.), membre de l'Institut (Académie des inscriptions et belles-lettres).

MARESCHAL (Jules), ancien chef de division au ministère d'État.

SAINTINE (X.-B.), homme de lettres.

SIMON (Jules), homme de lettres.

VITU (Aug.), rédacteur au *Constitutionnel*.

LA

PROPRIÉTÉ LITTÉRAIRE

SOUS LE RÉGIME

DU DOMAINE PUBLIC PAYANT

PARIS. — IMPRIMERIE DE CH. LAHURE ET Cie

Rue de Fleurus, 9

LA
PROPRIÉTÉ LITTÉRAIRE

SOUS LE RÉGIME

DU DOMAINE PUBLIC PAYANT

PUBLICATION

DU COMITÉ DE L'ASSOCIATION

POUR LA DÉFENSE DE LA PROPRIÉTÉ LITTÉRAIRE

Prix : 30 centimes

PARIS

LIBRAIRIE DE L. HACHETTE ET Cⁱᵉ

BOULEVARD SAINT-GERMAIN, 77

ET CHEZ LES PRINCIPAUX LIBRAIRES DE LA FRANCE

Juin 1862

LA

PROPRIÉTÉ LITTÉRAIRE

SOUS LE RÉGIME

DU DOMAINE PUBLIC PAYANT.

Le projet de loi sur la propriété littéraire qu'une Commission considérable discute en ce moment, a naturellement appelé l'attention publique et suscité une foule de brochures. Les systèmes et les inventions n'ont pas manqué ; nous avons vu reparaître un certain nombre de vieilleries qu'on nous donne pour des nouveautés. Nous ne nous plaignons pas de ce réveil de l'opinion ; la vérité et la justice ne peuvent que gagner à la discussion.

Parmi ces systèmes renouvelés du passé, il en est un cependant que nous avons été surpris de voir exhumer : c'est le système du domaine public payant. Deux fois déjà, en 1825 et en 1836, cette idée malheureuse a fait avorter le projet de loi qui devait enfin réparer une injustice séculaire et rendre aux auteurs ce qui leur appartient. Il serait triste d'échouer pour la troisième fois sur le même écueil.

Il est vrai qu'on nous déclare qu'on a trouvé une

nouvelle solution, simple, facile et qui satisfait à tous les intérêts. Les inventeurs ont une foi robuste, ils ne doutent jamais de rien. Mais quand deux fois déjà une idée adoptée par d'habiles jurisconsultes, par des hommes distingués et remplis de bonne volonté, n'a abouti qu'à l'impuissance, il est permis de se défier d'une troisième expérience qui, à première vue, ne semble pas appelée à un plus heureux succès.

N'y aurait-il pas un vice originel dans cette théorie séduisante ? Déclarer que le droit des auteurs est une propriété, pour en conclure que les héritiers n'auront pas le droit d'en jouir librement, ne serait-ce pas une contradiction que tout l'esprit du monde ne pourrait cacher ? *Donner et retenir ne vaut*, disent nos vieux jurisconsultes ; parce qu'en effet la propriété est tout, ou elle n'est pas la propriété : c'est là une maxime que le système du domaine payant renverse avec une hardiesse dont ses prôneurs n'ont pas même le soupçon.

I

Il ne sert de rien de proclamer à haute voix que la propriété littéraire est la plus respectable des propriétés, si du même coup on ôte au propriétaire la libre disposition de ce qui lui appartient. Ce n'est pas le mot que demandent les auteurs, ils l'ont depuis longtemps ; c'est la chose qu'ils attendent toujours !

Il est trop évident que je ne suis pas propriétaire de l'œuvre littéraire que mon père m'a laissée en héritage, si, moyennant une rétribution qui m'est imposée de force et que je n'accepte pas, le premier venu peut disposer à son gré de ma chose, donner au livre qui m'appartient une forme qui ne me plaît pas, y joindre une préface ou des notes qui peut-être déprécieront l'œuvre à laquelle on les joint.

Quand la loi déclare qu'elle ne me reconnaît aucun droit de propriété, elle est injuste et cruelle, mais elle est logique ; en est-il de même quand, après m'avoir déclaré propriétaire, elle me retire d'une main ce qu'elle me donne de l'autre ? Une chose dont tout le monde a le droit d'user, est-ce une propriété ?

Si la propriété littéraire a un caractère que le droit commun n'a jamais connu ; si elle n'est pas protégée par la solidarité générale qui unit en faisceau et garantit toutes les propriétés, s'il lui faut une loi spéciale qui la crée et la définisse, qu'est-elle autre chose qu'une jouissance d'une espèce particulière, accordée par la faveur de l'État ? Nous voici retombés dans le système actuel avec tous ses inconvénients et toute son injustice. En reconnaissant le droit des auteurs, c'est la société qui se dépouille ; quand on laisse à Racine ou à son héritier le droit de vendre ou de faire jouer *Phèdre* à son profit, c'est Racine qui est l'obligé.

Après l'expérience du passé, comment ne sent-on pas qu'en dehors de la propriété pure et simple, toute concession faite aux auteurs sera toujours considérée comme un privilége ; que les priviléges sont odieux, et que cette idée de privilége a été de tout temps le prétexte et l'excuse de la contrefaçon, la cause des incertitudes qui égarent l'opinion publique? Prendre le bien d'autrui, c'est un vol, un acte odieux ; mais enfreindre un privilége, c'est rentrer dans le droit commun. Le contrefacteur est une victime de la légalité, un ennemi du monopole ; l'opinion en fait un personnage intéressant.

On peut donc affirmer que, loin d'assurer la propriété littéraire, la rétribution payée aux héritiers des auteurs par le domaine public payant, ne ferait que la compromettre. Ce serait jeter sur elle l'odieux d'un privilége et d'un monopole ; à la première émotion, on la supprimerait comme on a fait en 1793, au nom du droit commun et de l'égalité. Si vous voulez qu'on n'attente pas au droit des auteurs, reconnaissez que ce droit est une propriété; si c'est une propriété, respectez-la comme toute autre propriété. En dehors de cette situation simple et nette, tout est chimère et danger.

II

Pour s'écarter des principes, pour sortir du droit commun, y a-t-il donc quelque intérêt supérieur qui justifie une fâcheuse exception ?

On propose d'accorder la pleine jouissance de ses œuvres à l'auteur, durant sa vie. Après la mort de l'auteur on reconnaît une jouissance viagère à la veuve commune en biens; enfin, après le décès de l'artiste et de l'écrivain, on accorde une jouissance de cinquante ans à ses héritiers ou cessionnaires.

Cette jouissance, qui peut aller à un siècle, dépasse suivant toute apparence la durée commune des œuvres littéraires. Les cessionnaires, les éditeurs, qu'on attaque avec vivacité, comme si leur cause n'était pas celle des auteurs, n'ont pas une plus longue ambition. La spéculation ordinaire ne calcule pas sur l'éternité d'un chef-d'œuvre; il lui suffit d'éditer des livres qui répondent aux besoins intellectuels d'une génération.

Mais la question n'est pas là; ce qui est en jeu, ce n'est pas l'intérêt, c'est le droit. Ce que demandent les auteurs, c'est qu'on leur reconnaisse à eux, comme au reste des hommes, la propriété de ce qu'ils produisent. C'est qu'on leur rende leur place dans la société ; c'est qu'on ne les soumette pas à des lois d'exception. Quand je bâtis une maison, la société ne mesure pas mon droit à la durée probable de ma construction ; elle reconnaît que nul autre que moi n'a droit à l'œuvre que j'ai faite, elle me protége envers et contre tous, en ma qualité de propriétaire. Pourquoi y aurait-il une exception pour les auteurs ? Ce que durera l'œuvre de Lamartine ou d'Alfred de Musset, personne ne le sait; mais aussi longtemps qu'elle dure, pourquoi ne resterait-elle pas entre les mains des héritiers, pourquoi viendrait-il un jour où l'auteur perdrait sa propriété, le fruit de son labeur ?

Ce qu'il y a de curieux, c'est que ce système du domaine payant ne pourra s'exercer que là où il sera odieux et équivaudra à une véritable spoliation. Dans un siècle, que restera-t-il des grands noms d'aujourd'hui ? Il y aura peut-être trois ou quatre écrivains que la postérité adoptera, et qu'elle vénérera comme des maîtres et des modèles. Ce sont ceux-là dont on dépouillera les héritiers. On se plaint aujourd'hui qu'il y a des descendants de Corneille, de Racine, de Mozart qui sont dans la gêne; on ne parle pas, et pour cause, des héritiers de Pradon. C'est ce même spectacle qu'on réserve au siècle prochain, avec cette différence qu'on jettera à ces héritiers une aumône insignifiante. Alors, comme aujourd'hui, la réponse des gens qui aiment la justice sera la même : « Laissez donc à ces enfants la propriété des œuvres de leur père; ne dépensez pas tant d'esprit pour les mettre hors du droit commun. »

III

Sur quelles raisons, bonnes ou mauvaises, s'appuie-t-on pour justifier une évidente injustice ?

On parle de l'intérêt moral de la société. La société, dit-on, a un intérêt direct à ce qu'on n'altère pas, à ce qu'on ne retire pas de la circulation une œuvre intellectuelle. Si l'auteur a un droit sur la forme qu'il a donnée à ses idées, la société a un droit sur ces idées une fois qu'elles sont émises ; elles sont le patrimoine commun de la civilisation. En d'autres termes, laissons aux héritiers le bénéfice matériel de l'exploitation, mais que l'exploitation se fasse, car la pensée nous appartient.

A première vue, cette objection est spécieuse ; en y regardant de près elle est puérile. On pourrait la faire à toute espèce de propriété ; on pourrait craindre que le laboureur n'ensemençât pas la terre, que le vigneron ne fît pas de vin, et que la société ne fût affamée par ceux mêmes qui doivent la nourrir. Pourquoi n'a-t-on pas cette crainte ? Parce que l'expérience a prouvé que l'intérêt personnel est ce qu'il y a au monde de plus intelligent, de plus actif, et de plus clairvoyant. Pour que la terre soit négligée, que faut-il faire ? L'abandonner à tout le monde. Pour qu'elle soit cultivée, que faut-il faire? La donner à un propriétaire, créer un intérêt particulier. Si les écrivains vivants savent tirer parti de leur droit, pourquoi donc leurs héritiers seraient-ils aveugles et stupides? Ce sont là de ces hypothèses gratuites qui ne prouvent rien, car elles sont contraires à l'expérience et au bon sens.

Il y a, dira-t-on, cette énorme différence que si, par hasard, deux ou trois propriétaires étaient assez négligents ou assez fous pour oublier leur intérêt, on en trouverait cent mille autres qui cultivent leur champ et vendangent leur vigne. Mais il n'y a qu'un Racine ou un Corneille; si l'héritier les laisse en friche, à qui la société pourra-t-elle s'adresser? Elle sera victime d'un monopole.

Monopole, c'est le grand mot qu'on imagine pour se débarrasser de la propriété littéraire, sans voir qu'on frappe du même coup toute espèce de propriété. Par exemple il n'y a qu'un clos Vougeot dans le monde. Si le propriétaire refusait de le vendanger, que feriez-vous? Respecteriez-vous un abus particulier et passager, pour ne pas ébranler le droit de propriété, ou renverseriez-vous le droit commun pour remédier à un inconvénient qui ne peut durer? La solution n'est pas douteuse; nulle loi n'oblige le propriétaire à cultiver son bien. Ce n'est pas que le législateur ignore que tout droit peut dégénérer en abus; mais il statue pour la généralité des choses, et non pas pour une exception. La société se résigne à une gêne passagère, par respect pour un droit durable, et qui, dans le plus grand nombre des cas, profite à tous.

Un autre exemple. Si l'acquéreur d'un tableau de Raphaël l'enfermait sous clef, et ne le montrait à personne, feriez-vous une loi pour donner au pre-

mier venu le droit d'entrer chez ce propriétaire ja-
loux? Crieriez-vous au monopole? Non, là encore
vous respecteriez l'abus par respect pour le principe même de la propriété.

Notez bien que jamais l'héritier d'un grand écrivain ne pourra établir le monopole au même degré
que le propriétaire d'un cru précieux, ou l'acquéreur d'un tableau; car ce vin et ce tableau sont
uniques, on peut en priver complétement le genre
humain; mais si demain l'héritier de Racine ou de
Corneille refusait d'imprimer les écrits de son aïeul, le
monde serait-il privé des œuvres de ces poëtes? Man-
que-t-il d'éditions de Racine ou de Corneille? Le respect de la propriété aurait-il d'aussi grands inconvénients en ce cas que dans les hypothèses précédentes?

Non sans doute; et cependant c'est lorsqu'il s'agit
de la propriété littéraire qu'on propose d'établir des
principes destructifs de toute espèce de propriété.
Ici, on n'attend même pas que l'abus existe, on le
suppose, et sur cette supposition improbable d'un
abus individuel on dépouille par avance tous les
héritiers. On exproprie non pas pour cause d'utilité
publique, mais pour cause de *crainte hypothétique.*
Il n'y a pas d'exemple de ces abus imaginaires; n'im-
porte, la peur et l'intérêt ne raisonnent pas. Un mot
suffit pour transformer en droit une spoliation véritable. *Monopole!* avec cet épouvantail on a réponse
à tout, et il est inutile d'avoir raison.

Mais enfin, dira-t-on, si un héritier fanatique
voulait supprimer un livre; si les Jésuites achetaient
les œuvres de Voltaire, ou même de Pascal; si.... On
peut entasser les suppositions. Il est facile de ré-
pondre à ces vaines terreurs. Une disposition de la
loi anglaise permet en pareil cas à toute personne
de s'adresser au lord Chancelier, qui accorde le droit

de faire une édition, et fixe le prix à payer aux héritiers. Il y a plus d'un siècle que la disposition existe, on n'a jamais eu besoin d'invoquer ce remède désespéré. Il ne s'est jamais rencontré d'héritier qui s'amusât à se ruiner, en supprimant les œuvres de son père. Qu'on insère un article analogue dans la loi future, rien de mieux; on peut être sûr qu'on n'en usera jamais!

Mais si les héritiers sont avides, inintelligents, indolents? S'ils élèvent le prix de vente de façon à rendre l'œuvre inaccessible au gros du public, s'ils ne savent point aller au-devant de la curiosité, s'ils laissent dormir les livres dans un magasin : qui sera victime de cette avidité, de cette sottise, de cette paresse? La Société!

Et pour remédier à ce mal qu'on grossit, on imagine une foule d'éditeurs désintéressés, actifs, intelligents, qui débarrasseront les héritiers de toute peine, en les débarrassant de leur propriété.

De pareilles hypothèses ne sont pas sérieuses. Elles ont contre elles l'expérience, et elles prouvent trop : car si les choses se passent de la sorte, ce ne sont pas seulement les héritiers qu'il faut interdire, ce sont aussi les auteurs.

Quand un auteur veut vendre son livre trop cher, le dépouillez-vous? Non, vous attendez l'épreuve; il ne faut pas longtemps pour qu'il apprenne à ses dépens que c'est le public qui fait le prix des livres et non pas l'éditeur. Pourquoi l'héritier ne serait-il pas capable de comprendre la même leçon?

Si l'héritier est inintelligent de ses propres intérêts, il y aura toujours, ce nous semble, des éditeurs qui songent à tout. Ils iront remuer cette indolence, ils animeront cette paresse. Ils feront ce qu'ils font aujourd'hui avec les veuves et les héritiers pour une jouissance de trente ans. Quand une œuvre manque dans le commerce, voit-on qu'il ne se trouve pas un éditeur pour en obtenir la publication? et quand, par impossible, un héritier serait stupide, faudrait-il dépouiller tous les autres, et faire une loi injuste pour venir à bout d'une exception?

Au milieu de toutes ces objections, il est impossible de n'être pas frappé d'une réflexion qui se présente naturellement à l'esprit.

Toutes les fois que le législateur s'occupe de la propriété ordinaire, il part de ce principe que le propriétaire, éclairé par son intérêt, tirera le meilleur parti possible de la chose et que personne ne fera aussi bien que lui. Si la loi ne partait pas de ce principe, justifié par l'expérience, il faudrait abolir la propriété; car la propriété serait un épouvantable abus; la société serait compromise chaque jour par l'incurie ou l'imbécillité des propriétaires.

Quand il s'agit de la propriété littéraire, on retourne la lorgnette; on voit toutes choses par l'autre bout. La probabilité n'est plus en faveur du bon sens, mais de la folie. Les propriétaires seront stupides, passionnés, inintelligents; le premier venu, en revanche, aura toutes les vertus nécessaires pour exploiter le bien d'autrui. C'est abuser un peu de la simplicité du public. Autrefois on dépouillait les auteurs comme incapables de défendre leurs droits. Aujourd'hui l'incapacité a reculé d'un degré; ce ne sont plus que les héritiers qu'il faut interdire dans leur propre intérêt. Encore un pas, et peut-être finira-t-on par s'apercevoir que les héritiers d'un écrivain sont des citoyens comme les autres, et qu'ils pourraient avoir la même intelligence et les mêmes droits que les héritiers d'un champ ou d'un magasin.

IV

Reste l'intérêt moral des auteurs; l'intérêt qu'un Corneille, un Racine ont à ce que des successeurs indifférents ne laissent pas tomber en jachère un héritage glorieux.

Il ne s'agit plus que des grands monuments littéraires et artistiques: car après les cinquante ans de jouissance réservés aux héritiers des auteurs, les chefs-d'œuvre seuls survivent. Ils sont connus, ils sont entre toutes les mains; la postérité a commencé pour eux; ils sont consacrés par l'admiration publique.

Dans cette situation, on vient nous dire qu'il dépend d'un héritier ou d'un éditeur d'étouffer cette gloire, d'éteindre cette lumière !

Et que nous propose-t-on pour remplacer l'intérêt d'honneur qui doit animer l'héritier du sang, ou l'intérêt d'argent qui doit pousser l'éditeur à tirer parti de sa propriété? c'est le domaine public.

Le domaine public, dit-on, est le meilleur juge, et le libraire par excellence; il n'a jamais laissé aucune gloire en jachère.

Ce sont là de grands mots, et rien de plus.

Le domaine public est exploité par des libraires

qui, avec raison, ont pour règle générale d'imprimer non ce qui est bon, mais ce qui peut se vendre. Ils consultent l'opinion publique et la suivent dans ses excès, comme dans ses défaillances. Rarement ils résistent au goût du jour ; rarement ils luttent pour maintenir en honneur le génie d'un écrivain délaissé. C'est leur intérêt, mais non la valeur réelle des ouvrages qui les guide.

Comment le domaine public pourrait-il être le libraire par excellence? Sa tâche et son but c'est de produire vite et à bon marché, de devancer la concurrence, d'écouler promptement ses produits, en un mot, de faire de la librairie une simple industrie et un simple commerce. On nous dira que les Estienne, les Alde qui exploitaient le domaine public, nous ont cependant laissé de magnifiques travaux; qu'occupés à améliorer sans cesse leurs moyens de publication, ils menaient de front la correction des textes et la perfection typographique; que leur vie s'est consumée à produire un certain nombre de volumes qui font aujourd'hui l'admiration et l'étonnement de leurs successeurs, en même temps qu'ils sont recherchés par les amateurs comme les modèles de l'art d'imprimer. Mais a-t-on oublié que, pendant que ces grands éditeurs épuisaient leurs ressources financières, leur intelligence et leur vie même à créer ces chefs-d'œuvre typographiques, des concurrents, plus habiles que délicats, venaient derrière eux, s'emparaient de leurs travaux si dispendieux et si pénibles, et les reproduisaient au fur et à mesure de la publication, servilement, sans frais, avec une réduction de prix qui arrêtait la vente de l'édition originale et ruinait l'éditeur consciencieux? A-t-on oublié qu'à plusieurs reprises l'autorité publique a dû intervenir pour donner des priviléges d'impression aux éditeurs des ouvrages de l'antiquité grecque et latine, et encourager ainsi des publications qui n'auraient pu se faire sous le régime de la libre concurrence?

Le domaine public, ou plutôt ceux qui l'exploitent, ne sont donc pas les libraires par excellence. Nous donnerons ce nom aux éditeurs qui devinent et encouragent les hommes nés pour être écrivains ou artistes, qui n'hésitent pas à mettre leur intelligence, leur activité et leurs capitaux au service des grandes et dispendieuses publications dont l'utilité est indubitable, mais dont le succès est lent et incertain; qui savent qu'à côté des publications courantes faites rapidement et à bas prix pour les besoins du jour, il existe une librairie savante, laborieuse, et résignée à tous les sacrifices pour bien faire.

Est-ce à dire que cette sorte de librairie ne puisse jamais se porter vers la reproduction des ouvrages tombés dans le domaine public? Il faut faire ici une distinction importante.

On a fait honneur au domaine public de certaines publications illustrées qui ont jeté un grand éclat dans ces derniers temps. Mais n'est-il pas évident que, dans cette occasion, le texte livré au domaine public n'a été que l'occasion et le prétexte d'illustrations qui auraient pu se produire sans lui? Est-ce que le public aurait accueilli moins favorablement les gravures de Dante et de Perrault, si elles avaient été simplement réunies en atlas, sans être accompagnées du texte?

Et si l'Enfer de Dante et les Contes de Perrault avaient été des propriétés privées, croit-on que les propriétaires de ces textes auraient refusé de s'entendre avec M. Doré ou ses éditeurs, pour réunir dans une seule et même publication et les gravures et le texte qui les a inspirées au dessinateur ?

Si maintenant nous passons aux grandes éditions des ouvrages qui font partie du domaine public, est-il possible de croire qu'elles doivent leur naissance à la condition où se trouvent les ouvrages reproduits, c'est-à-dire à ce qu'ils ne sont plus une propriété privée ? Croit-on même que cette condition soit favorable pour ces éditions ? Comme les Estienne et les autres grands éditeurs des premiers temps de la typographie, un certain nombre de libraires modernes peuvent appliquer leur intelligence et leurs capitaux à éditer des éditions revues, annotées, enrichies de commentaires et exécutées avec la plus grande correction et le plus grand luxe typographique. Mais les circonstances sont toujours les mêmes ; la seule différence est que les éditeurs de ces beaux livres n'attendent aucun privilége de l'autorité. Ils savent que leurs éditions si coûteuses, si laborieusement faites, sont exposées, à peine sorties de la presse, à devenir la proie du domaine public, qui s'emparera des textes rétablis à grands frais, et reproduira les meilleures notes sans autres changements que ceux nécessaires pour échapper au reproche de plagiat. Dans leur désir de se faire honneur d'un beau livre, ces éditeurs courageux s'exposent au danger sinon d'une ruine, au moins d'un préjudice considérable. Il faut donc dire que ce n'est point à cause du domaine public, mais malgré lui qu'on peut publier encore de belles et bonnes éditions de nos grands écrivains.

V

Ce n'est pas assez de faire du domaine public le meilleur juge et le libraire par excellence; on en fait un Midas qui change en or tout ce qu'il touche. Que les propriétaires consentent à ne pas jouir eux-mêmes de leurs propriétés, leur fortune est faite. Par un miracle qui ne s'est jamais vu, ce sont des étrangers qui, en se servant de notre bien, nous enrichiront. On n'offre, il est vrai, aux héritiers, en compensation de leur droit, qu'une prime de 2 ou 3 pour 100 sur le prix de chaque exemplaire, mais on ajoute : « Ces mille bras du domaine public vont saisir votre livre et le réimprimer partout et sans cesse. Ce mince droit de quelques centimes, multiplié par des milliers d'éditions, produira des sommes considérables. »

Ce n'est point pour les libraires que sont écrites ces belles promesses. C'est pour le public, qui ne peut guère connaître les secrets de la librairie et qu'on veut gagner à une mauvaise cause; c'est pour le législateur, qu'on veut éblouir. Quoi qu'il nous en coûte, il faut bien mettre à nu les côtés faibles de la librairie, et dire ce qu'il y a de faux dans cette fantasmagorie.

Comment un éditeur qui connaît à fond les difficultés, et je dirai les pauvretés de son métier, peut-il
se laisser tromper par de semblables illusions?
Assurément, si on pouvait par des procédés éco-
nomiques centupler la production de certains objets de consommation et en diminuer le prix du
même coup, les consommateurs ne manqueraient
pas. Il pourrait s'absorber sur la surface du globe
de bien plus grandes quantités de pain, de viande
et d'autres aliments; il pourrait se porter et s'user
de bien plus grandes quantités de vêtements et de
linge. Pour ces objets de première nécessité, nous
sommes loin du maximum de consommation. Mais,
en librairie, ne sait-on pas qu'excepté les alphabets
et les catéchismes, les livres sont un objet de
luxe dans presque tous les pays; que les meilleurs
ouvrages, quel qu'en soit le prix, n'ont en perspec-
tive qu'un nombre d'acheteurs limité; que la publication simultanée d'un nombre plus ou moins considérable d'éditions n'aurait d'autre résultat que de
ruiner les éditeurs sans rendre service au public;
qu'il n'est pas possible de créer des lecteurs à volonté, et qu'il faut, par conséquent, régler la production sur l'importance de la vente? Ne voit-on pas
tous les jours d'excellents ouvrages qui pourrissent
en magasin? Ce ne sont pas les livres qui manquent,
ce sont les acheteurs. Le domaine public pourra
multiplier les premiers à ses risques et périls; a-t-il
un secret pour faire naître les seconds? La spéculation des volumes à 1 franc qui devait décupler la
vente n'a abouti qu'à un désastre véritable pour les
auteurs et les éditeurs.

VI

Le tarif uniforme est la grande découverte qui doit résoudre toutes les difficultés ; c'est la pierre philosophale qui enrichira tout le monde, propriétaires, lecteurs, éditeurs! Cette rétribution uniforme, et qui sent le communisme, est une injustice et une illusion ; une injustice, puisque c'est une loi de *maximum* qui fixe malgré moi le revenu de ma propriété, une illusion parce que neuf fois sur dix on ne me donne qu'un prix insignifiant.

C'est ce qu'on appelle une *solution libérale. Libérale*, pour qui ? Pour le propriétaire ? Non, mais pour l'éditeur qui, maître du format et du caractère, peut fixer à son gré le prix de la rétribution qu'il payera. Plus la fabrication sera médiocre, et le prix du livre réduit, moins le propriétaire sera payé. Par un renversement de toutes les notions de droit, le propriétaire n'aura la faculté ni de défendre son bien, ni de débattre le prix de location ; mais, en revanche, le locataire sera maître de la chose et du prix. Il faudra remuer bien des codes pour trouver une loi qui ressemble à celle-là.

Comment en arrive-t-on à ce système étrange, qui donne un démenti à toutes les idées de justice et de propriété? On se laisse tromper par une fausse analogie; on applique à la propriété littéraire des règles et des usages qui ne conviennent qu'à la représentation des pièces de théâtre.

On comprend que dans la représentation d'une pièce de théâtre, le succès soit la base de la rémunération. Là, il s'agit uniquement d'amuser ou d'intéresser le public, et l'auteur qui est joué cent fois touche une somme dix fois plus forte que celui qui n'obtient que dix représentations.

Mais les livres se produisent dans des conditions toutes contraires. Ils ont chacun un public, mais un public différent. Les *Misérables* s'adressent à toute la France, comme ferait une œuvre de théâtre; mais un livre d'astronomie, de mathématiques, de physique, d'érudition, d'histoire littéraire, n'a ni le bruit ni l'éclat d'un roman. Ce n'est qu'à la longue et avec de grandes difficultés qu'il attire l'attention des lecteurs et qu'il conquiert des acheteurs. Supposez que ce livre subsiste encore après un siècle, et qu'il ait un propriétaire; on peut le réimprimer à petit nombre, à prix élevé, de façon à donner à l'héritier une rétribution honorable. Mais 3 pour 100 sur un ouvrage tiré à trois ou quatre cents exemplaires, c'est une dérision.

Payer inégalement des livres qui ont, je ne dirai pas une valeur, mais un débit inégal, c'est, ce semble, la véritable égalité, parce que c'est la véritable justice. Assujettir au même tarif le compilateur d'une encyclopédie et les héritiers de la Rochefoucauld ou de Vauvenargues, donner 3 pour 100 sur un dictionnaire qui se tirera à grand nombre, payer au même taux un mince volume de Malebranche ou de quelque autre philosophe; en d'autres termes et pour traduire en chiffres, donner à l'un 3000 francs sur un tirage à 100 000 exemplaires, et 30 francs à l'autre sur un tirage à 1000 exemplaires, c'est établir l'égalité des salaires dans la mauvaise acception du mot, et faire ce qu'on appelle du communisme, à moins qu'il ne soit de mauvais goût d'appeler les choses par leur nom. Que l'intention soit excellente, on n'en doute pas ; que le résultat soit détestable, on n'en doute pas davantage, malgré tout l'esprit des inventeurs.

Aura-t-on au moins servi la civilisation et l'intérêt public, en assurant, par ce système, la réimpression de livres qui ne méritaient pas l'oubli ? Tout au contraire, on peut assurer qu'avec le domaine public payant, les livres d'un faible débit ne se réimprimeront pas. Quel libraire voudra courir les chances d'une publication qui n'est exposée qu'à des pertes ? On comprend que l'héritier d'un écrivain puisse consentir, pour la gloire de son nom, à rééditer un livre d'un succès douteux. La lenteur problable du débit ne l'effrayera point, s'il n'a pas à redouter une concurrence. Il n'est pas un spéculateur; il peut attendre. Mais ce même livre, dès qu'il est à la merci de tous, n'a plus d'éditeur possible. La nécessité de payer d'avance la rétribution de l'auteur pour les livres d'une réalisation lente, suffirait à elle seule pour arrêter un grand nombre de réimpressions.

A cet égard, il n'est pas besoin de faire d'hypothèses. Que réimprime-t-on ? Les classiques, c'est-à-dire des livres qui s'adressent à un grand nombre de lecteurs. Combien de bons écrits ne sont-ils pas laissés dans l'ombre, parce qu'ils ne s'adressent qu'à un public limité ! La reconnaissance de la pleine propriété littéraire ne peut qu'améliorer cette situation. Donnez un propriétaire à une chose peu productive : il y a tout à parier que l'intérêt privé en tirera parti.

VII

Si, maintenant, nous passons aux moyens de perception de la rétribution uniforme, nous y voyons de graves inconvénients.

Il est facile d'organiser la recette, quand il s'agit de représentations théâtrales, qui se donnent publiquement et dans les grands centres de population. Mais en matière de contrefaçon, ce qui est arrivé jusqu'ici se reproduira infailliblement. Les réimpressions ne seront pas déclarées; si la déclaration a lieu, qui garantira la sincérité du tirage? Rien n'est malheureusement plus facile que de tirer deux ou trois fois plus qu'on a déclaré, et de réduire ainsi la rétribution à deux ou même à un pour cent. Le propriétaire se trouve ainsi à la merci d'un éditeur qu'il n'a pas choisi, qu'il ne connaît pas, ou dont il se défie. C'est une façon inouïe de respecter la propriété.

On déclare que cette perception sera la plus simple du monde. C'est là une assertion qui aurait grand besoin d'être prouvée. Il faudra nécessairement une administration et une administration publique à qui s'adresseront les éditeurs qui ne connaissent pas les héritiers. C'est à cette administration qu'il faudra payer. C'est à elle aussi que s'adresseront les héritiers pour faire reconnaître leurs droits. Il y aura une caisse et une comptabilité. Il faudra un bureau du contentieux. Il faudra aussi un assez grand nombre d'inspecteurs pour surveiller les tirages par toute la France, et empêcher une contrefaçon d'autant plus dangereuse qu'une fois le délit commis, il sera insaisissable. Les exemplaires dispersés, comment constater que le tirage a été dépassé? Timbrera-t-on les exemplaires? Permettra-t-on les clichés? Tout cela ne laissera pas que d'exiger un personnel assez nombreux. Des bureaux, une caisse, une direction, une intervention de l'État pour administrer et défendre la propriété privée, c'est une invention nouvelle, et qui avec le temps pourra faire des progrès. Mais pour la simplicité nous préférons l'ancien usage qui laisse à chaque propriétaire la garde de son bien et la défense de son droit.

VIII

Reste une dernière objection à laquelle on semble attacher quelque importance, et qui cependant ne souffre pas de discussion.

Si le législateur reconnaît la pleine propriété, quelle sera, demande-t-on, la situation des auteurs, qui ont vendu aux éditeurs la toute propriété de leurs œuvres, c'est-à-dire la jouissance pendant la vie de l'écrivain, et dix, vingt ou trente ans après sa mort? Qui profitera de la perpétuité? Est-ce l'éditeur, est-ce l'héritier?

C'est là une question que la loi tranchera, et il nous semble qu'il n'y a que deux solutions possibles.

Ou la loi ne statuera que pour les œuvres à venir, et dans ce cas, à l'expiration des vingt ou trente ans, les œuvres vendues antérieurement à la loi tomberont dans le domaine public.

Ou, ce qui nous paraîtrait plus équitable et plus conforme aux principes, la loi fera profiter d'une juste réparation tous les écrits qui ne sont pas encore tombés dans le domaine public; et en ce cas les héritiers, et les héritiers seuls, seront appelés à profiter des bienfaits de la loi. Les éditeurs ne peuvent rien demander au delà de leur contrat, et on ne voit pas qu'ils demandent rien au delà. C'est une de ces objections qui sont plutôt des moyens de rhétorique que des arguments sérieux.

IX

Dans toutes ces discussions, on oppose toujours l'intérêt des auteurs à celui des éditeurs. Il semble que la loi ne soit faite que pour enrichir quelques libraires, dépouiller les écrivains, et créer un monopole dont souffrira le public. C'est là encore une fantasmagorie.

Quelle est aujourd'hui la façon dont traitent les auteurs avec les éditeurs les plus considérables? Vendent-ils leur propriété ? Alièment-ils à tout jamais l'œuvre qu'ils ont faite? C'était l'ancienne coutume, ce n'est plus l'usage moderne. Aujourd'hui auteurs et éditeurs n'ont plus qu'un même intérêt. L'auteur vend une édition et reçoit tant pour cent sur chaque volume imprimé; l'éditeur y gagne de ne pas immobiliser un capital considérable pour acquérir des propriétés peut-être stériles; l'auteur se réserve toutes les bonnes chances des éditions futures, et reçoit pour la première édition presque autant qu'on lui eût donné autrefois pour la pleine propriété.

Cette façon de traiter, qui s'est introduite peu à peu, est aujourd'hui le droit commun; c'est un système aussi honorable et aussi avantageux pour l'auteur que pour l'éditeur, c'est l'association intime et permanente de la pensée, de l'intelligence et du crédit.

Dès lors, qui ne voit que la perpétuité du droit, que la reconnaissance de la propriété, profitera très-directement à l'auteur et à ses héritiers, qu'il n'y a à craindre ni monopole d'éditeur, ni spoliation des écrivains? Tout ce que demandent les auteurs, c'est que l'État, qui jusqu'à présent les a traités comme des mineurs et les a ruinés par sa tutelle, veuille bien les considérer désormais comme des citoyens majeurs et maîtres de leurs droits. Pour tirer de leurs peines un fruit légitime, ils ne réclament que le droit commun. Qu'on leur permette d'être propriétaires, ils se chargent de défendre leurs intérêts.

X

Le droit commun, c'est toujours là qu'il en faut venir. C'est pourquoi nous supplions MM. les membres de la Commission impériale de ne pas s'attacher à des inventions raffinées qui embrouillent tout et ne résolvent rien. Toute restriction de jouissance ne donnera qu'une nouvelle forme de privilége, et ne fera qu'une œuvre stérile. Ce qu'il faut aux auteurs, c'est la perpétuité d'une propriété qui, déjà reconnue pour trente ans et plus, n'a produit nul inconvénient pour le public, et a permis à quelques écrivains de vivre honorablement de leur plume. Reconnaître la propriété littéraire pure et simple, c'est le plus grand acte de réparation et de justice que puisse faire un législateur, c'est la protection la plus efficace qu'il puisse accorder aux lettres. C'est enfin une loi définitive, et qui immortalisera son auteur. Il y a là une gloire que le Gouvernement impérial ne voudra pas laisser à l'avenir. La propriété littéraire aura aussi son CODE NAPOLÉON.

FIN.

PARIS. — IMPRIMERIE DE CH. LAHURE ET Cie
Rue de Fleurus, 9

OUVRAGES

RELATIFS A LA PROPRIÉTÉ LITTÉRAIRE ET ARTISTIQUE

La Propriété littéraire au XVIIIe siècle. Recueil
de documents publié par le Comité de l'association de défense de la propriété littéraire et artistique, avec une introduction et des notes par M. Éd. Laboulaye, de l'Institut, et M. G. Guiffrey, avocat. 1 vol. 10 fr.

Lettre historique et politique adressée à un magistrat sur le commerce de la librairie, par Diderot. Ouvrage inédit, publié par le même Comité, avec une introduction par M. G. Guiffrey, avocat à la cour impériale de Paris. In-8. 2 fr. 50 c.

La Propriété littéraire et artistique. Brochure in-8. 30 c.

De l'application du droit commun à la propriété littéraire et artistique. Brochure in-8. 30 c.

De la Propriété littéraire en France et en Angleterre, par M. Édouard Laboulaye. 1 vol. in-8, 1858.

Du droit héréditaire des auteurs et des erreurs du Congrès de Bruxelles; par M. Jules Mareschal. 1 vol. grand in-8.

Mémoire à consulter sur la question juridique de la propriété perpétuelle et héréditaire des œuvres de l'esprit, par le même. 1 vol. grand in-8.

La propriété intellectuelle; par MM. Fréd. Passy et Paillottet, avec une préface de M. Jules Simon. 1 vol. in-12.

Paris. — Imprimerie de Ch. Lahure et Cie, rue de Fleurus, 9.

www.ingramcontent.com/pod-product-compliance
Lightning Source LLC
Chambersburg PA
CBHW051343060726
47596CB00004B/1748